Este libro
pertenece a:

Boston Public Library
Boston, MA 02116

W9-BBQ-580

12

¿Tienes un secreto?

Texto: *Jennifer Moore-Mallinos*

Ilustraciones: *Marta Fàbrega*

BARRON'S

¿Tienes un secreto?
Y si lo tienes, ¿es un secreto bueno
o un secreto malo?

¿Sabías que los secretos buenos son cosas que te pueden hacer muy feliz a ti y a otras personas? ¿Sabes algún secreto bueno?

Si guardas el secreto sobre el regalo
que le vas a hacer a tu mejor amigo o amiga,
o a tu papá o tu mamá, ¿será un secreto
bueno o un secreto malo?

¡Eso es! Está bien guardar esta clase de secretos, porque siempre harán sonreír a esa persona especial cuando vea su regalo.

¿Puedes pensar en un secreto que sea divertido guardar?
Guardar el secreto de la fiesta sorpresa que se prepara para tu hermano o tu hermana puede ser muy divertido.

Imagina la cara que pondrá cuando todos los invitados griten "¡SORPRESA!"

¿Qué te parece un apretón de manos especial
que compartes con tu mejor amigo o amiga?
¿Sería un secreto que estaría bien guardar?
¡Yo creo que sí! Los apretones de mano entre
buenos amigos son secretos divertidos.

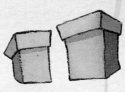

¿Alguna vez has jugado al escondite y ayudado a tu mejor amigo a encontrar un lugar donde esconderse?
Ayudar a tu amigo a encontrar un buen escondite para que no lo encuentren es un secreto divertido.

¿Quieres saber mi secreto? ¿De verdad?
Por la noche, me gusta dormir con mi osito de
peluche, que se llama Pelusín. Cuando tengo miedo,
Pelusín me da calor y me hace compañía.
¿Y tú? ¿Tienes algún secreto bueno?

¿Qué es un secreto malo?
¿Sabías que los secretos
malos son cosas que no dejan
que te sientas bien por dentro?
Lo único que puedes hacer
si quieres sentirte mejor, es
contarle el secreto a un adulto.

Si guardaras en secreto que alguien te ha hecho
daño, te ha pegado o te ha dado un puntapié,
¿sería un secreto bueno o un secreto malo?
¡Exacto, tienes razón! Sería un secreto malo,
porque no está bien que alguien te haga daño.

¿Qué harías si vieras en la escuela cómo unos niños mayores le quitan la merienda a uno más pequeño? ¿Estaría bien guardar este secreto? ¡No, no estaría bien!

Sólo porque los niños mayores son más grandes y altos
no está bien que se queden con algo que no les pertenece.

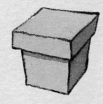

¿Puedes pensar en otra clase de secreto malo?
¿Qué pasaría si alguien te tocase de una forma
que te hiciera sentir incómodo y muy mal
por dentro? Esta clase de secreto es
un secreto malo y eso quiere
decir que necesitamos la
ayuda de un adulto para
sentirnos mejor.

¿Crees que está bien
guardar un secreto
malo aunque alguien
te pida que no digas
nada? ¡Claro que no!
No está bien que
alguien que ha hecho
algo que no debía,
te pida que guardes
el secreto. Es un
secreto malo y
necesitas contarlo.

¿Y quién puede ser ese
adulto a quien puedes
contar tu secreto?
Esa persona debe ser
alguien de tu confianza,
como tu madre o tu padre,
tu tía o tu tío, incluso tu
profesor o profesora.
¡Contar un secreto malo
es hacer una cosa buena!

No olvides que guardar
un secreto puede ser
divertido, si hace que
tú y otras personas
se sientan felices.
Entonces es algo muy
agradable.

Pero cuando se trate de
un secreto que pueda
dolerte mucho, te
haga sentir triste
o te asuste,
contarlo te
ayudará mucho.

Decírselo a un adulto puede resultar muy difícil, así que trata de ser valiente, y no olvides que al contar tu secreto, el problema puede solucionarse.
¿Tienes algún secreto?
Y si lo tienes, ¿es bueno o malo?

guía
para los padres

Gracias a mi experiencia como asistente social de bienestar infantil comprendo mejor las diversas dificultades a que se enfrentan muchos niños en la sociedad actual. Al ver cuán frecuente es el abuso infantil (sea físico, sexual, emocional o por dejación o descuido), nosotros, como padres y profesionales, tenemos que desempeñar un papel más activo en la protección de nuestros hijos.

Darles la oportunidad de tener una base sólida de conocimientos con respecto a su seguridad no sólo es nuestra responsabilidad sino también nuestra obligación. Al estimular a los niños para que se comuniquen, ellos desarrollarán las habilidades necesarias para convertirse en activos participantes en el mantenimiento de su seguridad.

El propósito de *¿Tienes un secreto?* es estimular el diálogo y aportar conocimientos. Niños, padres y profesionales aprenderán a distinguir entre "secretos buenos" y aquellos secretos que deben revelarse.

La capacidad del niño de establecer tal distinción tendrá un impacto positivo en su capacidad de reaccionar adecuadamente. Cuando un niño se siente respaldado por el conocimiento, tiene también un mayor control de su propia seguridad.

A lo largo del libro se estimula al niño a que formule y conteste preguntas. El diálogo se crea como medio de iniciar la comunicación e inspirar el aprendizaje.

Los niños pasan buena parte del tiempo lejos de la protección que brinda el hogar, por lo que no siempre podemos estar con ellos para garantizar su bienestar. Lo que sí podemos hacer es darles conocimientos y estimular la comunicación, de modo que sientan suficiente confianza para revelarnos sus secretos, sean buenos o malos.

Si su hijo les revela un secreto malo, recomendamos que busquen la ayuda de un profesional, que puede ser alguien encargado de hacer respetar la ley o un especialista en protección de la infancia. Si no están seguros a quién recurrir, su médico de cabecera podrá recomendarles dónde encontrar el apoyo y la ayuda que necesitan.

A los niños les encanta aprender cuando se divierten, así que la forma más eficaz de compartir estos conceptos es muy sencilla: ¡diviértanse con ellos!

Cuando lean este libro a sus hijos, muestren entusiasmo e interés por el mensaje que contiene, porque si despiertan el interés de los pequeños y les permiten participar en la diversión, les será más fácil transmitirlo.

Primera edición para Estados Unidos y Canadá publicada en 2005
por Barron's Educational Series, Inc.
Propiedad literaria (© Copyright) 2005 de Gemser Publications, S.L.
C/Castell, 38; Teià (08329) Barcelona, España (Derechos Mundiales)
Texto: Jennifer Moore-Mallinos
Ilustraciones: Marta Fàbrega

Reservados todos los derechos. Prohibida la reproducción parcial o total de
esta obra mediante fotostato, microfilm, xerografía o cualquier otro medio,
o su incorporación a un sistema reproductor de información, electrónico
o mecánico, sin el permiso por escrito del dueño de la propiedad literaria.

Dirigir toda correspondencia a:
Barron's Educational Series, Inc.
250 Wireless Boulevard
Hauppauge, New York 11788
http://www.barronseduc.com

Número de Libro Estándar Internacional 0-7641-3171-0
Número de Tarjeta del Catálogo de la Biblioteca del Congreso 2004112883

Impreso en España
9 8 7 6 5 4 3 2 1